玉城洋子

歌集

櫛笥《くしげ》

―母―

コールサック社

櫛笥

—母—

目次

I 櫛笥

櫛笥 11
母の骨 16
伊集の花 20
ギーザバンタ 24
組踊り 27
百合よ咲け 30
上弦の月 34
教師の夢 40
鎮魂の雨 46
父へ 51
母星 53

II　仲良し地蔵

平和呼ぶ香　57
「責任世代」　60
忘れないために　64
弾痕の穴　68
〇歳だった　71
コザ暴動　74
仲良し地蔵　76
クサトベラ　78

III　戦争の骨

土砂投入　83
魂魄の塔　88
ジュゴン死す　91

連凧 94
戦争の骨 102
辺野古ティダ 106
捨てられし島 106

Ⅳ 辺野古継ぐ雨

シマの末裔 113
辺野古継ぐ雨 116
魂の声 119
沖縄の肝心 124

Ⅴ 摩文仁野の道

をなり 129
ユンボ 132

歌海　134
御迎へ雑炊　137
首里城炎上　140
きだはし　143
摩文仁野の道　146
水の子　148
チョウセンアサガオ　153
人無き路地　156
コロナ禍の旧盆　160
太陽雨　164

VI　ティンガーラ

新北風の吹く　169
戻り寒さ　173
ティンガーラ　177

解説　鈴木比佐雄　182
あとがき　188
著者略歴　190

櫛笥

―母―

玉城洋子歌集

Ⅰ　櫛笥

櫛笥

長梅雨に忘れられてゐる櫛笥母を恋ふしく思ひて一日

春夏の営み美しき故里を戦争がすべて吹き消した　母を

遠く病む母の命祈るのみの青き空飛べよ夏の小鳥ら

母の背に描かるる里の土香る大地握りし悔しきは　戦

夏来れば若きら集め遊び庭《アシビナー》に夜ごと響かせた母の「組踊り《クミウドゥイ》」

今も残る母の手作り「加那ーヨー」踊り衣装の袖の糸飾り

碑《いしぶみ》に刻む「屋嘉節」母と歌ふ覚えて悲しゑ捕虜地の生活《くらし》

「屋嘉節」を歌ふ母との日々《にちにち》を詠ひ続ける平和来る日を

この丘に在りて巡らす事ありや二十歳《はたち》で我を産みし若き日

記憶無き地上戦は母の胸に未だ私の島は基地中

なびきゐるゐのころぐさの野らいっぱい母の呼ぶ声とぎれとぎれつ

行つてやれぬ心騒ぎを押さへゐつ母はこの頃ひどく優しき

虎落《もがり》笛鳴ればは母の気丈さが強く愛しく　思ひ出す里

やがて咲く百合の話をしやう母と里の古家に香り起たせて

母の骨

切り裂きて見せる母の傲慢は未だも生きてた買ひ来し下着

「玉葱が香りのやうに美味ならば」母は料理をしない女で

自殺行為《アッパンガレー》そんな母を心配した小さくなった里と母の背

高速を戻り寒さ《ムドゥイビーサ》吹き荒れて折れたとふ母の頑強の骨が

憧れのカジマヤー*が待っているオペを受けようヨ頑張って！

*九十七歳の成人祝い

生き延びて戦後昭和も平成も強き賢き女でゐし母よ

手術など幾度も受けて来た母の泣きの一日側らにて聞く

点滴に支へられて生く母の身体小さきを消えて行く如だんだんに

今晩は一人で泣きてをらぬかと帰らねばならぬＨＣＵ

父母を送り子らの逆縁を秘めて生きし母女の一生

今宵吹く風はさやかにてあればこの刹那見よ若き日の夢

伊集の花

両脇を伊集《イジュ》は咲きて母の待つ「かんな病院」さやかにあれかし

宜野座とふ遠き遠き思ひ出の場所を選みし母が病棟

故里は百合咲く季節春来れば母と植ゑしなあの庭この庭

全身を働く事の喜びに満ちてゐた母少し前まで

「浜千鳥」も空の彼方に母あなたの縫ひくれし衣装夢に巡れど

まう戻れぬ母と思ふ日悲しみを隠す皐月のあまりに明るき

今あるも苦を抱きてや人間を生きる母とふ悲しみの中

夜なべして破れかぶれの作業着を母は繕ひしあのアメリカ世《ユー》を

言はなくてまう良い戦醜さ故とさう伝へるから賢く伝へるから

ギーザバンタ

梅雨ですと言はれ見上ぐる空の彼方亡き父の声か風通り抜く

母二十歳父は二十二歳とふ知らず生まれき沖縄地上戦

海鳴りが轟くここはギーザバンタ沖縄地上戦悲劇の断崖

兵士らに壕追ひ出され摩文仁野を彷徨ふ人らに鉄の暴風

子を抱きギーザバンタに身を投ぐる死者らを焼きし火炎放射器

皇民化同化政策琉球処分方言間諜　忘れられやうか

彼方にはニライカナイの理想郷海原碧く立てる御霊の

岩間より滴となりて流れ来るギーザバンタの死者らの涙

組踊り

親《ウヤ》ガナシ吾《ワ》親《ウヤ》ガナシふるさとの愛しき鳥ら空歌ひゆく

水の音川床の音流れゆくふるさと懐かし夢間に響く

土砂降りの夜半を現はる若き母「戦争」と一言只に佇み

ヨーコとは呼べぬか母よ顔の傷足の傷もあなたのせいじゃない

戦争ですすべて無くせし故里の夏の夜空に響かふ「組踊り《クミウドゥイ》」

細きその双手で摑みし母の大地決して乞食と呼ばさぬに子らを

百合よ咲け

「無蔵《ンゾヨー》よ」*島言葉消した沖縄地上戦《ちじょうせん》父も母も生きたかった青春

＊愛する女性への呼びかけ

あゝ無蔵《ンゾヨ》よ貴方が語った母への愛消すことなけれ風呼び寄せむ

母貴方が教へてくれた加那ヨー《カナーヨー》*コロナウイルス家居の懐郷

*琉球舞踊。男女の愛の雑踊《ぞうおど》り

母の日の蘭の一輪散りて拾ふ押し花にはせむ母がせしごと

夏の朝ひととき香る瑠璃色の命儚きヤナギバルイラソウ

一年が過ぎてゐたのだ宵待草愛でて路地に語りし月の夜

球根の植え替えしようよ母さんよ百合はとっくに咲き終えたから

百合よ咲け母が愛した花だから白く清らに百合よ咲け

満開の春には村中香らせて笑顔で迎へた里の白百合

「白百合と母と妹」撮った日の一葉のみの写真出て来て

月遠く星も遠きに母の住む窓より眺むる空はありてか

上弦の月

お母さん正月などは忘れたか今夜の月は上弦美し

木の間より光漏れ来る悲しみの今宵満月如何に迎へむ

この月を母と思ひて語らへる現実狂気となりてコロナは

去りてゆく母とは思ひぬこの双手この指に残す母の肉体《ししむら》

やりばなき心を何処に捨てやうか　母に会へぬこの満月の夜は

満月を踊ってみやう「加那《カナ》よー《ヨー》」母の手作りの衣鮮やかに

顔見れず手も握れずて月のみが幻のごとく我に近づく

少しづつ痩せてゆく母責められぬウイルスはコロナは見えぬ敵《かたき》で

母親を抱きて逃げやう戦渦に我を抱きて逃げしあなたのやうに

理不尽なこの世と思ふ戦渦にもコロナにも遭ひしは母の一生

手をかざしカジマヤー*祝って踊ります月の光に母呼ぶカチャーシー

*九十七歳の成年祝い

だんだんに細くなる月コロナ禍で会へぬ母に会へぬ夢路を

外に出でぬ心の灯り点し来る門辺に開くむらさきかたばみ

上弦の月が久に東の空を出でて有難き母と語る日

遠国の物語のやうに戦《いくさ》話屋根に霰の音した幼日

教師の夢

会ふ事も語る事も許されぬコロナ禍母は潔く逝く

九十八歳大往生といふなれど母は別だと思ひし日々も

「ひもじい」が元気に言へたその後を三日間をだう過ごしたのだらう

病床も今日の死床も変はらずてひたすら眠る母の頑固さ

折鶴の千羽万羽が飛び発ちて平和守れと祈りしその御手

器用なる指先で作り置きし沢山の着物が肌に染みて語れる

自らに造りおきし奥津城の快き香を伝へしよ風は

大好きな百合を前に撮りし写真築きし母の絆香れる

父母を看取り二人の子を看取り華やぎ生きし母の一生

イクサ背負ひ灰燼の中を立ち上げし母の一生黄泉にもあれよ

棺桶に留め袖一着請ひしとふ華やぎ好きの母語る通夜

まっ白の木綿で縫へと下着請ふあつらへものは嫌だと困らせ

教師の夢娘《こ》に押しつけて逝きし母九十八歳は満たされてゐよ

地上戦コロナ禍をも乗り越えて亡き母の声聞く「命どぅ宝《ヌチドゥタカラ》」

何処までも気丈な母を思はせて頭蓋身体白骨凜々し

三途の川迷はず渡れ母の骨悲し箸渡し渡し壺まで

聡明さ図太ささへも美しきかな母の一生骨の真白き

鎮魂の雨

晴れ女の母さん七日忌のあとの豪雨に初めてうからの笑ひ

金色の九年母背に映されしユニホーム凛々し母の一葉

右腕にボール左腕は娘《こ》を抱きしむる母は二十代

花が好きスポーツが好き公務員合格したのは不惑の歳で

悲しみを押し出す手仕事母の哲学ミシン一台女立て直し

仏前の遺影の母も加はりていつか戦後のヤグサミ談義*

*未亡人

踊らうかまういいですかお母さん貴方に習った「加那ヨー天川」*

*琉舞

悲しみは去りてゆくべし貴方から引き継ぐ身体吾は鍛へねば

球根を埋めて卯月を待ちし日々あなたは昼夜百合に埋まった

戦争がありて吾は生まれ来し父なし弟妹《きょうだい》家族になりて

死してゆく男に嫁ぎゆきし母心如何にかと問ひしは二十歳《はたち》

二〇二一・六・二三　慰霊の日　どしゃ降り

慰霊の日母の死告げねばならぬ父へ「礎《イシジ》」へ急ぐどしゃ降りの雨

響き来る「黙禱」に鎮まる「平和の礎」土に染み入る鎮魂の雨

蜜月の六十日を父母と呼ばせし戦我ら家族を根こそぎ捥ぎて

父へ

戦死したあなたの後を生まれ来し弟妹母の背で育ち

バラバラに遠く住めるも家族なれ　九十七歳母に会ふため

梅雨晴れに草取る真昼刃の先に残る土塊父思ひをり

六月忌二十余万の御霊の中母連れ子ら連れ「礎《イシジ》」閑けし

亡骸は朝鮮半島沖近く待ちてやあらむわれは一人娘

母星

鈴虫が鳴きて聞こゆるまう葉月母さんの声が今宵近くに

母星の空を見上ぐる朝の空この辺りなるか月桃《サンニン》の先

朝空は右手夕どきは左手の先に輝く母星見上ぐ

音色よく降って来ますザーザーと幼日習ひし「蛇の目」に降る雨

久に降る雨を手窪に受けてみるどこか遠き物語のやうに

II　仲良し地蔵

平和呼ぶ香

本土復帰四十七年　二首

五・一五密約の中を消えていく「核抜き本土並み」四十七年

土砂降りの雨が肌身を打ちし日々フランスデモに求めしは「憲法」

月桃の実のなる六月地の声の聞こえ来たりき二十万余の

南《ミンナミ》のメロディー今朝も路上に流れ沖縄《ウチナー》デモクラシー島小《シマーグワー》メロディー

やって来る正しきは島の民主主義子孫へ伝へる「命どぅ宝」

花香れレンギョー香れ世の平和呼ぶ香となれよ台湾レンギョー

島人をフェンスで囲ふ戦争屋ここは国道58号線

「責任世代」

弱音吐く日々などなくて生きて来し母らの齢を越えし吾らも

生きること「責任世代」は生きること生きて子らへ平和継ぐこと

ドヤドヤと叫びゐる今朝の人らとゐる「窓落下、米軍ＣＨ53」

八月二十七日米軍ＣＨ53、窓落下に

抗議する「命どぅ宝」と抗議する　空から降るは雨だけでいい

戦場は「ふるさと」ではないと返されき若きよ沖縄《シマ》は未だ戦場で

川村修子さんのご夫挽歌　四首

東京ゆ移住せしは十五年前沖縄愛して逝きしご夫

妻や息子《こ》に託して辺野古に通はせし熱血の人なり病みてゐて尚

若き夫が闘ひし「砂川」*沖縄に基地残されしを懺悔せしとふ

*砂川事件

東京の娘らと撮りし一葉の写真は辺野古テント村なりし

忘れないために

ブート岳*実弾の朝身体を張った「田んぼに落下」とナビー**も詠へ

*米軍の実弾演習場　**女流歌人、恩納村の生まれ

田んぼにも落ちて来ます米軍兵器闘ふわれらの「喜瀬武原」*ソング

*104号越え演習阻止の歌

コザ暴動から四十九年（二〇一九・一二・二〇）　三首

「コザ暴動」あの夜の炎鮮明に四十九年目「反基地」止まず

トヨさんが米軍人に轢殺《ころ》されて火を噴く潮糸満の海

歌ひ出すこのザマ「艦砲の喰へ残さー」天涯孤独の男も逝けり

一九九五年から二十五年

「普天間」も「サリン」も一九九五年…一・一七阪神淡路大震災　今朝

平和とは「戦闘機など飛ばさない事」　こどもたちは知ってゐる

「忘れないために」詠ふ喜びも悲しみも人生終盤身をも粉にせよ

甘えない、諦めないがキーワード戦争させない基地無き沖縄《シマ》を

米基地　ＰＦＯＳ下水へ垂れ流し

米基地のＰＦＯＳ垂れ流し沖縄《シマ》はアメリカ戦争のゴミ吹き溜まり

誰が物言はぬ女にしてしまったそこにもあったか「七色元結い《ナナイルムーティィ》」＊

＊沖縄芝居

弾痕の穴

沖縄戦を再び三度背負はせて何が美しきさくらの国か

沖縄は何に復帰したのだらう変はらぬ「基地」と米犯罪続き

弾痕の穴より覗く沖縄戦嫁ぎて五十年激戦の地を
糸満の地

土人とか現地人とか云はれた日　「コロナ」で洗ふ手じっと見てゐる

ハイネケン塀に捨てられ秋風が見つむる中を横たはりゐぬ

アメリカ黒人暴行殺人に抗議行動　六月十八日

対岸の火事などでは決してない。すぐそこに負の歴史「琉球」があった。

「黒人の命は大事」デモに寄す

黒人街白人街の道境ひアメリカ通り*をバスは往き来し

*コザの街に仕切られた黒人街、白人街

横一線香港が香港であるやうに　沖縄が沖縄であるやうに

○歳だった

コロナまで共生せよとやふざけるな悪法「地位協定」破られていけ

描いてた少女の夢はいつも夢果たせぬままに「基地」も終はらぬ

慰霊の日

沖縄は許さぬ「捨て石の島」にした人らに訴ふる血の雨降らさむ

終戦記念日に

足首の傷は〇歳私を一世苦しめむ沖縄地上戦

〇歳を洞窟《ガマ》の生活《くらし》の三ヶ月母は足首の傷跡詫びた

○歳の足首の傷の疼く夜は風化させてはならぬ戦さの

十・十空襲から七十七年

懐に抱かれ母との壕生活十・十空襲は生後十六日

コザ暴動

コザ暴動から五十年

結婚からも五十年あの日遭遇したコザ暴動の夜

コザ暴動若気の至りと思へども正義の刃胸に翳せり

炎昼《マフツクワ》の赤き梯梧が燃えてゐた若きらの怒り　異民族支配下

一九七〇年糸満市を酒乱運転の米兵が……

トヨさんの屋敷の塀のヘクソカズラ米兵が侵した轢殺事件

「トヨさん」の死に海の男らが怒りに燃えた　コザ暴動事件

仲良し地蔵

ジェット機もヘリも墜落オスプレイは今朝も頭上を掠めて行きぬ

ヘリ墜落オスプレイ墜落吾の頭上も轟音轟きし　宮森ジェット機事故

真っ黒に焼けた子受けぬと拒んで親は五十余年をトラウマのまま

校庭の「仲良し地蔵」に刻銘の十八名と誓ひし未来

八月十三日（金）　沖国大ヘリ墜落から十七年

あの時の黒焦げアカギが指さした十七年目も空は変はらず

クサトベラ

夢抱く故郷《さと》は戦場に傷負ひし人らと畑打つ共に生き越し

両脚を失くせし男は戦場を語ることありしや笊編《バーキ》む日々

「福徳*は必ず還る」と言って死んだ　吾の名「洋子《ヨーク》」と呼んだおばあ

*戦死したおばあの息子

混沌の世にもいつか七十余年「艦砲の喰へ残さー」と呼ばれる我ら

クサトベラ反骨気骨の平良好児*白くまろく浜を実れり

*宮古島歌人「郷土文学」主宰　故人

日米の「抑止」は「ユクシ」*と逝きし詩人**キリギリス草陰の声にぎやかに

*沖縄方言で「嘘」、三母音の法則で「ヨ」は「ユ」と発声　**故中里友豪（ＥＫＥ主宰）

宮古島　抑止力配備

予言者の君が言ったネ「抑止はユクシ」宮古島にその「抑止《ユクシ》」襲ふ

Ⅲ　戦争の骨

土砂投入

結びゆく喜び胸にとよませて今日の一日の辺野古始まる

九年母の香りの中をテントに座して守らむ海を辺野古の海を

若き日の雨の闘争辺野古へと継ぎ来し人ら眼が語る

紡ぎ出さう辺野古の海の藻を食めるをジュゴンも亀も伝へ来るまで

今こそは詠ふべし闇を裂く短歌刻まう美しき調べにのせて

土砂投入　十二月十四日　三首

「土砂投入」私の思ひ出安和からとふ怒り憤り「安和」の人らよ

安和に住む従姉妹は知事の同期生頑張れK子「土砂」遮断せよ

七曲り君と歌った名護浦の夕日が赤い　辺野古の海を

土砂投入　一ヶ月

いつの日か浚渫船で攫ひ出す目に焼き付けよ国の無法

島人の苦悩の平成三十年「辺野古」にアメリカの基地とふ無法

「九条」に謳って「平和」の届かぬ島基地と力に心縛られ

ストリートライブ　三首

七十路を過ぎて出会ひしアカナー*とストリートライブ「辺野古反対」

*平和メッセンジャー（三線弾き）川崎善美

アカナーの三線《サンシン》鳴れば泣く子らも止みてたちまち歌ひ出すかも

シャネルですアカナーですと爪弾けばパリの泰子*が歌ひ出すかも

*久高泰子（タイムス通信記者）・三線師匠

魂魄の塔

オンちゃんで始まる小説『宝島』安波節《アハブシ》、好色悪漢《ナーイールー》、泊阿嘉《トゥマイアーカー》

新聞に「知事死去・ハンスト・宝島」忘れてならぬ『辺野古を詠う』*

*紅短歌会発行

県民投票街宣　五首

ボロ車ゆくアクロバットの路地裏を街宣とふらし春雨の中

見守ってくれてるお空貴方がいます…ここは糸満魂魄の塔

島人のアイデンティティ今に示されて「辺野古ブルー」は空に耀く

国策に正面切った大げんか島小《シマーグワー》らの民主主義です
琉球処分腹に据へて立ち上がる歴史の真実島は忘れず

ジュゴン死す

ザン*死んで今帰仁《ナキジン》の浜を打ち上げらる二月風回り《ニングヮチカジマーイ》荒れ狂ふ島

*ジュゴン

子ら捜し今帰仁の浜に力尽きジュゴンの母親の死骸見つかる

藻を奪はれ海原彷徨ひジュゴンの死骸神います今帰仁求め行きしか

チルダイ*の弥生三月ジュゴンの死北は桜の賑はひの春

*気だるい

花が咲き小鳥は鳴きて迎ふれど人殺す基地に春などは来ぬ

ジュゴンよカメよサンゴよと呼んでみる古へ遠き故郷《さと》へ帰りしか

止めよ工事辺野古の海の土砂砂利は地球の夢を破壊してゐぬ

連凧

土砂投入一年　十二月十五日　五首

「戦争に繋がる基地は認めない」地上戦学ぶ沖縄肝心《ウチナーチムグクル》

「戦争に繋がる基地は認めない」土砂投入一年空衝く拳

「寄り添ひて」「辺野古」の「土砂」を続けゐる舌抜く閻魔びゅーんと現はれよ

諦めぬ諦めぬの声で辺野古の海揺らしつ悔しき土砂投入見つむ

戦争の基地にはさせぬ辺野古海クリスマスイブ　ジュゴン出で来よ

まうすでに春のひかり田も畑も辺野古が暗いと海面が叫ぶ

辺野古海に連凧あげて正月を平和を祈る真青なる空

青き海青き空には良く似合ふ「平和」の文字の連凧の飛ぶ

辺野古にも桜彩る春が来る夢など見てゐる今年こそはと

ジュゴンらも亀らも呼んで藻が生えたと祝ふ元旦辺野古海の夢

戦争の骨

座り込め座り込めと歌ひつつ辺野古に今日も「土砂」と闘ふ

久に聞く「悲しき北風」辺野古にも吹いてやをらん　今日は土曜日

海荒れて二月風廻り《ニングヮチカジマーイ》艫を納む男らの声引き締まる夕

ジャリトラがミキサーが連なるゲート前許さぬ埋め立て座り込めシンカ*

*仲間達

父母のやうにも思ふ辺野古海コロナも我らの道を遮る

沖縄防衛局の「設計変更申請」に意見　九月十八日

「意見書」を右手に握り怒りを握りポストへ向かふ辺野古浮かべつ

戦争の骨も混ざりゐる埋め立ての土砂より呻きの聞こゆる辺野古

ガット船が本部塩川名護安和を砂利を積みて辺野古へ向かふぞ

岩ずりのアホウどもが辺野古の海埋める朝を儒艮《ザン》は潮噴く

辺野古の海守ると斃れし金城翁大西兄の遺言《イグン》潮寄す

辺野古ティダ

「命どぅ宝」朝《あした》は届け辺野古の海に繫げる全き糸満の海

糸満の鎮魂の地より土砂・岩ずり二度と殺すな死者の魂

岩ずりの車が街中通り行く「辺野古を守れ」の声高に尚

「戦場《イクサバ》の《ヌ》哀れ《アハリ》」と誰かが歌ひ出す心に響け辺野古に届け

「辺野古抗告訴訟」却下に　十一月二十七日

判事どのの言はるるちぐはぐ門前払ひ島に怒りの今朝雨もよひ

民主主義の根幹問はれてをりまする　司法立法自立無き国の

流れ来る辺野古ティダといふ叙事詩風に吹かれて島唄賛歌

おばあらがおじいらが若きに呼びかくる辺野古海の清《チュラ》らさ愛《カナ》さ

手を繋ぎ作らう平和無蔵《ンゾ》よ《ヨ》里よ《サトゥヨ》*なあ戦やナランシガ**

*「無蔵」は愛する女性へ、「里」は愛する男性への呼びかけ　**いやだよ

雨だれが落つる縁にて空見上ぐ辺野古スタンディング*　今朝は休みか

*毎週火曜日朝の「辺野古新基地反対」糸満行動

秋の夜半行けぬ辺野古を思ひをり明日のスタンディング皆と歌おう

捨てられし島

伊集の花辺野古の周りを咲く便り行かねば「コロナ」の朝《あした》を誓ふ

うた三線一節さへも歌へずに「コロナ来るな」としゃくりを上げぬ

四・二八　沖縄屈辱の日

あの時も桜は鮮やかでありてしか捨てられし島の四・二八

一九五二年サンフランシスコ講話条約で沖縄は日本から切り離された

沖縄の「四・二八屈辱の日」酷く置き去る「辺野古埋立」

ヌケヌケと辺野古が最良と言ひし君詠へるか戦争があれば良いとか

アメリカの傘の下でいつまでか基地の中の沖縄《シマ》押し潰し

五・一五本土並み復帰名ばかりで米基地肥大の半世紀が過ぐ

「核抜き」も「本土並み」も果たされず本土復帰の基地付き返還

伊集の花躑躅の花はまう咲く頃待ってて辺野古　海辺の山々

騙されぬまう騙されぬ我が友ら辺野古は命の原泉なれば

Ⅳ　辺野古継ぐ雨

シマの末裔

タラップで手を振る知事の任重しアメリカは父の国なれば尚

良きことの積みてあれかしデニー知事待てる我らの辺野古撤回

歌ふデニーロックンローラー新しき我らがリーダー美しや島小《シマーグヮー》

映画「デニーが勝つ」　三首

デニーさんも元山さんも日本の隅にやられた沖縄《シマ》の末裔

悲しみが苦しみがある沖縄の歴史を背負ひ立てる若者

カチャーシー踊れば湧き来る島の誇りデニーも若き仁士郎も

ガンジーか亀次郎かハン・ストの若き元山氏命賭けるらし

元山仁士郎　ハン・スト

仁士郎死ぬなよ若きイケメンよ鬼餅寒《ムーチービーサ》さは我らが囲ふ

辺野古継ぐ雨

どっと来る雨に思ふ「しのぶ会」翁長雄志の辺野古継ぐ雨

八月二十二日　翁長雄志偲ぶ会

「マキテーナラン、ウセーラッテーナイビラン」* 翁長雄志の声する辺野古

＊「負けてはならぬ、馬鹿にされてはならぬ」

島といふ宝の島のデモクラシー雄志、デニーを生みし女ら

立て看で傘で雨を塞がむと邪に向かふがにもスタンディング一角

雨止んで肌・頭《こうべ》を拭ふ間のマグマ噴き来し後の笑顔ら

時々はやって来よや片降《カタブィ》りも翁長雄志の天《そら》便り雨

魂の声

「表現の不自由展」が遡る自由への道新しき道

「表現の不自由展」名古屋にて

辺野古海詠むなのあの日の「不自由展」私の抗ひ続きてをりぬ

辺野古埋め立て　五首

いよいよに我が住む街の巌さへ切り崩し辺野古の海埋める　国は

ひめゆりの乙女らが自害せし岬その魂の残り香の巌

如何ならむ事ありてかと魂《マブイ》の声「やめよ戦争止めやう新基地」

託されし「抗告訴訟」デニー知事の眼鋭く「正しい判断を」

「門前払ひせよ」と国の立ちはだかる負けるな訴訟辺野古抗告

辺野古上告棄却　五首

庶民には理解ご無理の論理立て門前払ひの司法の無法

主文らし「本文の上告を棄却する」不法の怒り轟け海原

訴へ*も軟弱地盤も辺野古には壁ある行政《まつり》・米軍様様

＊一連の選挙、県民投票で反基地勝利の県民判断

民主主義はまう消えたのだらうか。日本の子らの未来危ぶむ

アメリカの戦さはいつも島の基地を　騙し続けて七十五年

沖縄の肝心

ノブ子さん

キュウリの香刻むこの手にふと過る県議へ復活ノブ子の明日を

糸満の航海の歴史一心に受けて飛び発つノブ子さん　晴れ

「沖縄の歴史は知らぬ」となぶりゐる一国の長の虚しき　言語

沖縄の歴史知らぬ日本の長は世界の負の史に残らむ

ガマフヤーの具志堅さんがハンガースト骨からのテレパシーいつか聞く日も

ハンストの具志堅さんに会ひに行く悔しからうよ怒りの「辺野古」

具志堅さんハンスト終了六日目の小雨の夕　濡れて帰らう

元山さん、具志堅さんのハンストを成功させた沖縄《シマ》の肝心《チムグクル》

V　摩文仁野の道

をなり

瀬長瞳「世界人形展」三首

華やかな衣装で迎へし人形の夢と希望と平和湛へて

人形《オーメーグヮー》つくりが好きな七歳の郷愁潜む豪華人形展

すすき穂の揺れる道々人形の美しき不思議を思ふ黄昏

寛子・琉球歌壇賞

壇上を語る寛子の甦る若き情熱教職の日々

雪崩れ込む管理体制に抗はむ歌は昼夜の弾み重ねし

細きその腕に籠もれる強きもの我らを率ゐし主任制闘争

好きな花今夜は贈らうカサブランカ華やぎの宵を花束にして

支へらる家族に心抱かれむ詠み継ぐ沖縄《シマ》のをなり*となりて

*信仰の霊威をなす女

ユンボ

因習を壊し働くユンボのカラコロ更地夕闇の風

嫗らの陰気な話ユンボが今朝は静かに下向きてゐぬ

曼陀羅華ワンサと咲きて人ら集ふ幽霊屋敷遠き更地に

人の世を見て見ぬ振りのユンボが今朝は隣家を壊してをりぬ

ランタナは野にも山にも咲き盛り前の更地を花畑にして

歌海

朝が呼ぶ歌海が呼ぶ朝ぼらけ悲しみ一つ抱きてをれど

メールは朝ファックスも朝詠ふも朝あさは歌詠む女神降り来る

すごみある歌群一連送られて今朝のファックス厳しき顔す

「ファックスを送信しました」とまねてみる日曜お昼は「たまんスタジオ」

濡れ縁に座して今日の座り込み辺野古の報告喜納さんとゐる

グロリオーサ生けて寂しゑあの時の君は宵のみの恋人でした

結婚記念の日に

「これこそがブラックホール」言はれても猫でして吾はアインシュタインさま

二〇一九・四・二四

ブラックホールバースデー…ああ地球は戦争の狭間

御迎へ雑炊

台風の去りて旧盆蒼天のエイサー太鼓聞こえて来たり

諍ひのなきやう姑《はは》はゆっくりと吾に手渡せり旧盆の仕事

御位牌を拭きつつ奥の御遺影に会ふことも無きと思ふ家継ぎし人ら

十三夜の月が出でなばそろそろに御迎《ウンケー》へ雑炊《ジューシー》盛りて香焚く

宵待ちて若きが集ふ仏前をたちまち響き合へり御霊の

旧盆《ぼん》三日「辺野古休日」で御霊と語る高き尊き命の日々を

首里城炎上

闇の空炎上し崩るる首里城を未だ現実《うつつ》と夢を彷徨ふ

琉球の負の歴史を刻みつつ朱色は人の眼焼き尽くし

受け止めむ悲しみ多き琉球の四五〇年余の歴史繰り返されども

地上戦に白く廃墟と化せし中再建目指せし首里城への夢

悲しみの中を立ち上がる声々を聞かん足元の揺るぎもあれど

目に見えぬ香を漂はせ炎上す首里城の悲しみ新北風《ミーニシ》に乗り

沖縄の象徴首里城その陰に「人頭税」*語る昨夜の声の

*王府が課した宮古・八重山への過酷な税

首里城は昔その名を「世襲森《ユスイムイ》」辺野古の海のザンと同い年で

きだはし

旧正月《きゅうしょう》の門松いけて菜の花のなきは寂しき路地は一入

菜の花のいきなり消えて太陽の異常に明るき旧正月《きゅうしょう》の朝

頂きし海老を湯掻けば慶びの真っ赤な肌髭《はだへ》など立てり

病床　五首

受け取りし歌のいづれも悲しかど病床に友のひたすらな詠

病ひある身の引き離す家族《うから》らに強く優しき母なり友は

訪ひし吾も励ましくるる詠闘病苦見せず友の語れる

どらやきは友の土産よ病室の喜ぶ顔の届け東京

優しさに満つる病棟誰もかもまたを約して階《きだはし》降りぬ

摩文仁野の道

月出でて風の吹き来る六月を亡父と語らむ摩文仁野の道

朝月は上弦怪しき幽玄の世界に浮かぶ母なる世界

清明祭《シーミー》も海神祭《ハーレー》もなき一番に降り来る島の豊かなれ梅雨

激しかる雨に打たれて色染めぬ曼陀羅華姑《はは》を思ひみる夕べ

秋蟬がテリハボクが香しき闘ひ済んで雨降り出したり糸満の街

水の子

月眺むただそれだけの宵なのにコロナなき夢出で来るもよひ

「コロナ」だから「お通し《ウトゥシ》*サビラご先祖様《ウヤガナシ》」グイス**通しでお待ち致しま《ウマチサビラ》す

*災害の時は家内の仏壇から祈りを通す　**祝詞

エイサーの音の聞こえて悲しけれ　コロナがすべて消す夏祭り

首落とす方言札を首に下げ歌った民謡皆方言で

返し風《ケーシカジ》に向かひて子らは強くなった台風銀座の沖縄《シマ》の女男たち

水の子《ミンヌク》*を刻む御送り《ウークイ》道中の餓鬼へほどこす七草土産

*旧盆の天上へ帰り行く御霊の道中土産

十三年忌の弟へ　三首

主亡き秋の小部屋をぽつねんとランプシェードの色鈍き文机

突然に逝ってしまった弟をしきりに語る書の並ぶ小部屋

雨の日も風の日も弟が側にゐた故郷《さと》九年母の熟るる秋来て

糸瓜　三首

子規の病ひやはらげし糸瓜語りつつ食す秋は深まりてゆく

どっさりと糸瓜買ひ来し夫でして子規の母のと語りしあとを

ヘチマコロン・オーデコロンと靡きゆく糸瓜談義ふるさと恋し

チョウセンアサガオ

あれは何時の事だらう「ヨウコ踊れ」と祝宴の上座に放りしわが姑上は

嫁ぎ来し天涯孤独の姑とゐて三十五年の厨後継ぐ

語らへる広場となして亡き姑の厨はいつも女子会だった

亡き姑《はは》のおはす低き上框座せば朝は閑かに訪れ

我が背まで降り来て香りを放つそは姑が好きなチョウセンアサガオ

久の歌会《かかい》終へて帰り路寄りすがら十五夜月は東《ひむがし》に出で

半年ぶりの紅例会　二〇二〇・一一・二八糸満中央図書館にて

コンビニの灯り頼りに投函す「コロナ」に負けず届けておくれ

人無き路地

癖となる布団干しの日だまりに野良猫我の微睡み奪ふ

間なく来る旧正月を背高く風に吹かるる春ののげしの

旧正の庭吹きまくる雨嵐亡姑《はは》の花々散らして去りぬ

門松を散らして去りし暴風雨旧正月の人無き路地を

昨夜の雨晴れよと祈る旧正月今朝もコロナは闇を漂ひゐしか

仏前を三線イチオシ「かぎやで風」籠り旧正月《しょうがつ》ウイズコロナに

歌詠めば故郷の力湧きて来む田舎小娘あの山川の空

唄響く「P音P音」山原《ヤンバル》女H音F音乗り越えて　今

F音、H音、P音と遡る時代の発声音

まう誰も来るなと叫んだ石田比呂志苦悩の命　コロナの今宵

コロナ禍の旧盆

歌ひ出す「ジントーヨージントーヨー」デイゴ花あなたも燃えた若き日ありし

旧盆の忙しき姿婆です黄泉の国夢に出て来よご父母様方

コロナ禍の旧盆里は最悪の感染に泣くとふ帰ることならず

墓掃除は一人で済んだ七夕も来るなコロナ禍弟《おと》は厳しく

コロナ禍で里に行けぬ宵空の御迎《ウンケー》へ*月のおぼろに揺るる

*旧七月十三日

誰も来ぬ仏前飾る舅姑《ちちはは》の遺影と語る御迎《ウンケー》へ雑炊《ジューシー》

寝る前を空見上ぐるが癖となる十四日の月かうかうと照り

コロナ禍も旧盆の夜はラジオからかけ声響き来エイサー太鼓

血も肉も湧きてやをらむ路地をゆくエイサー太鼓流すラジオが

御茶湯《ウチャトウ》の湯気がゆらりと舅姑の遺影によりゆく御迎《ウンケー》へ朝

雨雲の押し寄す瞬時バイク来て君の便りを放りて去りぬ

太陽雨

コロナ禍の疚《やま》しき夏の過ぎてゆく空の眉月今宵涼風《シダカジ》

アナナスが燃えて赤き赤き夕訪ね来たりぬ燃える女の

八十歳へ上る男の執念かシーサー顔の夫コロナ禍の果て

その執念未だも生きてか仰天だ八十男よ夫と言ひては来しが

今朝はまた狐の嫁入り太陽雨《ティーダアミ》　台風十八号がそこまで来てゐぬ

台風が日本列島吹き荒れる原稿「結い」の届きて　温む

十月一日「地域を訪ねる」原稿

Ⅵ　ティンガーラ

新北風の吹く

月桃の花散り赤き実の熟れて南に初秋《あき》を告げ来る潮風

台風が逸れて行きし朝の陽を満身に受けて華咲かすかな

この沖縄《シマ》に見られぬ秋のナナカマド何時かはきっと　まっかな秋見む

月桃が赤き実たわわにつけてゐぬムーチー*知らす風は新北風《ミーニシ》

*旧十二月八日の行事

何時の間に土になりしか草花が吾も何時かはと思ふたまゆら

銀合歓の種子《たねこ》長く入江に揺れて空は島覆ふ新北風《ミーニシ》の吹く

ワッフルと咲きぬ紫ブーゲンビリア壁の白きを喜びて咲く

月はあれから何処へ消えたやら小星いくつか連れてゐたりき

いつの間に鬼餅《ムーチー》寒さ《ビーサ》が去りてゐし旧暦師走小夏風吹く

戻り寒さ

さ庭にも継ぎて咲けるはさくららん貴女の父の心分けさやかに

今朝の月西に沈むにまだ美しき悲しみ耐ふる人の美に似て

烏啼くシャッター街に髭長きガジマルやがて根を張るこの地

半欠けの月が迷はす西東ウォーキングの朝春ののげしの

南《みんなみ》の戻り寒さ《ムドゥイビーサ》やって来て小雨に濡るる夕べの舗道

ミンナ*らもついて来たかい春だからはうれん草の豊かに混じり

*八重葎

ベゴニアの赤く乱れ咲く路地をあの人逝きしか祈禱音聞く

ヤファタグサ嫌はれものの君だから紫かたばみと時に名を変へ

腸《はらわた》の中まで生える強か物誰もが嫌ひしヤファタグサ紫

「彩りの薔薇薔薇薔薇と育てみよ」亡き舅《ちち》の夢の世界だったか

朝月が風を呼び寄すひとときを歌ふか何時もの「安波《あは》節」一節

ティンガーラ

うりずんの朝縁《あした》に座しをればブーゲンビリアに小鳥ら集ひ来

若夏の花筏となるブーゲンビリア散りて楽しむこの小さき庭

春夏と咲きて風と戯るる明日も散りてよかブーゲンビリア

蝸牛アフリカマイマイ早朝の庭を這ひ来て呼べるか　我を

月桃の莢が剝がれて咲くらしき空近く季節はづれの春を

皐月風吹き来る度にすずらんの鐘のやうなる庭の曼陀羅華

皐月光待ちて咲きゐしさくららん夜風を呼びて香を放つらし

過ぎゆきし人生七十余後の歌語らう朝を待ちて咲く花

天の川　三首

報徳川にサガリバナ香り遊びしとふ聞けば愛しき天の川いづこ

ティンガーラ*・ティンガーラと歌ふ人らと見上ぐる天の川流る夢の通ひ路

＊天の川

人生はこんな転回だったかと見上ぐる天を星くづは降る

解説　縦横無碍《じゅうおうむげ》に多次元構造を行き来する沖縄の精神世界
――玉城洋子第七歌集『櫛笥《くしげ》―母―』に寄せて

鈴木比佐雄

1

沖縄県糸満市に暮らす玉城洋子氏が二〇二一年の第六歌集『儒艮《ザン》』に次ぐ、第七歌集『櫛笥―母―』を刊行した。前歌集『儒艮《ザン》』の解説で私は次のように玉城氏の短歌について記した。

《玉城氏の短歌は「儒艮」の神話を詠み込み、さらに沖縄戦で亡くなった父の面影や壕で玉城氏を守り戦後も逞しく生きた母との家族詠であり、同時に戦争詠でもあり、米軍統治下で数多く起こった軍用機落下事故や暴行事件などの社会詠などが詠み込まれている。その他にも沖縄の花々と樹木や暮らしを通した自然詠や他国の他者を思いやる短歌も収録されている。》

玉城氏の短歌の特徴は、家族詠が戦争詠になり社会詠になり、また民俗学的な神話詠にもなりうる異なる領域が、いつの間にか根底ではつながっていることだ。それらの縦横無《じゅうおうむ》碍《げ》に多次元構造を行き来する沖縄の精神世界が島言葉の音韻を入れながら表現されている。例えば前歌集の《エメラルド輝く海をジュゴンの遊ぶ詩歌伝へし大浦の波》などの短歌を想起する時に、この歌の中に宿っている、多層な解釈が可能な豊饒さを感受できるだろう。

新歌集『櫛笥 ―母―』は、そのタイトルでも分かる通り、母への鎮魂の思いがⅠ章「櫛笥」に置かれた歌集であり、全体では六章に分かれて四〇一首が収録されている。

Ⅰ章「櫛笥」は十一の小見出しがあり一一五首が収録されている。「櫛笥」十四首の冒頭の短歌を引用する。

長梅雨に忘れられてゐる櫛笥母を恋ふしく思ひて一日

「櫛笥」とは母の櫛を入れていた愛用の箱のことだ。母の愛用品を形見として玉城氏は身近に置いていて、この「櫛笥」を見るたびに母との絆を想起し母を恋しく思いながら一日が過ぎていくのだろう。玉城氏は母が二十歳、父が二十二歳の時の一九四四年に沖縄県うるま市（旧石川市）に生まれた。父は徴兵されて兵士となったため、母は十月十日の那覇空襲の大混乱の最中に中部の石川市で乳飲み子を育てていた。しかし翌年三月の本格的な艦砲射撃や地上戦が行われた沖縄戦の最中に、きっと赤子を背負って洞窟《ガマ》に潜んで生き延びたのだろう。玉城氏は父母の失った暮らしや美しき故郷を想起し、母の背で体験した無意識の深層世界に降りて行って、次のような短歌を詠み始めるのだ。

春夏の営み美しき故里を戦争がすべて吹き消した　母を

母の背に描かるる里の土香る大地握りし悔しきは　戦

先の短歌で「母を」とあえて加えたことは、母が父と結婚して夢見た家庭生活の「すべて吹き消した」喪失感の深さを代弁しているように感じられる。また後の短歌では玉城氏にとって、故郷とは「土香る大地」のような「母の背」であり、その背を握りしめようとすると「戦」がもたらした「悔しさ」が、肉体の体温を通して赤子の自分にも伝わってくる、と玉城氏は物語っているようだ。その意味で玉城氏と母とは一心同体のような存在で戦後を共に生き抜いていたことが想像できる。

母は沖縄戦後の社会の中で、幼子を抱えながら新たな営みを開始する。捕虜地での「屋嘉節」を想起し、その後の解放された家での暮らしぶりや平和への思いを次のように詠っている。

夏来れば若きら集め遊び庭《アシビナー》に夜ごと響かせた母の「組踊り《クミウドゥイ》」

今も残る母の手作り「加那ーヨー」踊り衣装の袖の糸飾り

碑《いしぶみ》に刻む「屋嘉節」母と歌ふ覚えて悲しゑ捕虜地の生活《くらし》

「屋嘉節」を歌ふ母との日々《にちにち》を詠ひ続ける平和来る日を

これらの短歌を読めば、母が仕事や育児の後に夜ごと「遊び庭《アシビナー》」で、近所の若者や子供たちを集めて、三線を弾き琉歌を歌い沖縄舞踊を踊り「組踊り《クミウドゥイ》」を演じさせていたことが分かる。夫を亡くした母と父を亡くした子は、近くの「若き」と一緒に琉球の魂《マブィ》を奮い起こして、悲劇の中から立ち上がっていったのだろう。母は洋裁が得意で「衣装の袖の糸飾り」など細部にわたって、「組踊り《クミウドゥイ》」の衣装などをこしらえ、歌、踊り、三線などの演技指導までしたことを生き生きと記されている。「加那ーヨー」は一般的に「加那ヨー」だが、きっと母がそのように発音していたのだろう。この「加那ヨー」は「愛する人よ」という意味だが、母は亡き夫を偲んで、夜ごと娘や近所の親族を失くした「若きら」の悲しみを少しでも癒し、死者の思いを背負って前向きに生きる術を伝えていたのだろう。「屋嘉節」は琉球音楽家の山内盛彬《やまうちせいひん》が作曲したが、「日本軍屋嘉捕虜収容所跡の碑」に記された詞の作詞者は特定されていないという。この「屋嘉節」が誕生した場所は、国道329号の〝屋嘉ビーチ前〟バス停(国道の北側)横で、「屋嘉捕虜収容所跡」の石碑があり、「屋嘉節が作られた発祥の地」であると刻まれている。七千人もの捕虜地で「カンカラ三線」を弾いて沖縄が戦場になった悲しみや苦しみが切々と歌われ、自然発生的に多くのバリエーションがあり、それで作詞者が確定できないのだろう。この二つの楽曲を今になって聞いても沖縄人の悲しみと苦しみで胸が痛くなるように心に響いてくる。玉城氏の短歌は、このような家族詠であり社会詠であり、愛する人や故郷の美しさを喪失する根源的な痛みが記されていることを、冒頭の「櫛笥」十四首においても読み取ることができる。

2

I章のその他の短歌は母の晩年を見つめて、母の精一杯この世で生きた時間に寄り添って、そこからまた多くのことを想起し母から学んだことを伝えていく。その代表的な短歌を引用したい。

今あるも苦を抱きてや人間を生きる母とふ悲しみの中

夜なべして破れかぶれの作業着を母は繕ひしあのアメリカ世《ユー》を

海鳴りが轟くここはギーザバンタ沖縄地上戦悲劇の断崖

兵士らに壕追ひ出され摩文仁野を彷徨ふ人らに鉄の暴風

ヨーコとは呼べぬか母よ顔の傷足の傷もあなたのせいじゃない

母親を抱きて逃げやう戦渦に我を抱きて逃げしあなたのやうに

教師の夢娘《こ》に押しつけて逝きし母九十八歳は満たされてゐよ

悲しみを押し出す手仕事母の哲学ミシン一台女立て直し

六月忌二十余万の御霊の中母連れ子ら連れ「礎《イシジ》」閑けし

母星の空を見上ぐる朝の空この辺りなるか月桃の先

玉城氏は、沖縄戦を生き延びた母の存在が、生涯にわたって悲しみの中にあったことを告げている。その悲しみは、占領が続いた「アメリカ世《ユー》」において、「鉄の暴風」で亡くなった夫を含めた二十余万の人びとが生きられなかった沖縄人の悲しみだろう。そしてそのことを決して忘れないために、短歌に母の身体や自らの顔と足の傷を通して詠い続けて行こうと玉城氏は願って実践されているのだろう。「櫛笥」とは母の悲しみと苦しみを癒してくれる、何度でも立ち上がっていく心の準備をする、化粧をする一人の人間としての時間であったのかも知れない。時に庭の月桃の先に輝いている「母星」を見上げるように、その母の生きた時間が詰まった存在を玉城氏は傍において共に生きているように感じているように思われる。

Ⅱ章からⅥ章までの心に刻まれる短歌を引用したい。玉城氏の多様な短歌の魅力を読み取って欲しいと願っている。

「Ⅱ　仲よし地蔵」より

校庭の「仲良し地蔵」に刻銘の十八名と誓ひし未来

「Ⅲ　戦争の骨」より

戦争の骨も混ざりゐる埋め立ての土砂より呻きの聞こゆる辺野古

「Ⅳ　辺野古継ぐ雨」より

どっと来る雨に思ふ「しのぶ会」翁長雄志の辺野古継ぐ雨

「Ⅴ　摩文仁野の道」より

月出でて風の吹き来る六月を亡父と語らむ摩文仁野の道

「Ⅵ　ティンガーラ」より

ティンガーラ*・ティンガーラと歌ふ人らと見上ぐる天の川流る夢の通ひ路　*天の川

あとがき

ある夜私を襲った恐ろしい夢。「母の顔を忘れた」と言うのである。

私は、魘され朦朧と朝を迎えた。


本当にいつかそんな日がやって来るのかも知れない。

「母」を遺さねば。これまでも母の歌は数多く詠んでは来たが、いい短歌が詠われているわけでも、また歌集に遺そうと思って詠ったわけでもないので、つまらない駄作が多いのかもしれないのである。しかし今は、そんな事はどうでもいい。「母」を遺さなければ。


母との諍い多い日々。戦争が作った親娘の壁に打ち勝つ為の長い歳月だったようにも思う。憎んでも憎みきれない戦争。その戦争があって、私は生まれた。

父二十二歳、母二十歳で二人は結婚した。しかし、たった六十日で父は戦地へ。そのまま帰らぬ人となった。死に逝く人に嫁ぐ母の悲しみを計り知る事など出来ない。

私の戦争体験は〇歳、記憶などあるはずもなく、戦後若い母の行動が疎ましく、早い反抗期を長く引きずっていた。母との溝は、辛い日々に吹き出しては戦争と言う物を、強かに恨んだ。

母も私と同じ「戦争」への恨み辛みの人生であったのだと思うと、身の引き裂かれる思いがする。

二十代で短歌を始めたが、良きにつけ悪しきにつけ、歌は母との二人三脚であったのだと、今更のように思う。

人生をぐちゃぐちゃにした戦争。

享年九十七。沖縄戦をくぐり抜け、戦後も米軍占領下の異臭の中で、強く生き抜いた母の一生であった。


昨年、久しぶりに受賞した。沖縄タイムス芸術選賞文学部門・短歌大賞である。母が後押ししてくれたプレゼントのようで、胸が詰まった。

六月三日、間もなく、母の三回忌がやって来る。『櫛笥 ―母―』を喜んでくれるだろうか。

歌集出版にお世話下さった、コールサック社の鈴木比佐雄社長をはじめ、座馬寛彦様、装丁の松本菜央様に心より感謝申し上げます。

二〇二三年三月　吉日

玉城洋子

著者略歴

玉城洋子（たまき　ようこ）

1944年　沖縄県うるま市（旧石川市）字伊波に生まれる。
1967年　琉球大学文理学部国語国文学科卒業、同年4月国語教師として
　県立浦添高等学校に赴任。那覇商業高等学校、小禄高等学校、
　糸満高等学校、南風原高等学校を経て、2005年、那覇商業
　高等学校にて退職
1982年　第1歌集『紅い潮』（オリジナル企画）
　紅短歌会結成
　合同歌集「くれない」発行（1～23集）
1989年　第2歌集『浜昼顔』（芸風書院）
1990年　第24回沖縄タイムス芸術選賞・文学・短歌奨励賞
1994年　県教育委員会編『郷土の文学』編集委員
1999年　県文化課『組踊学習』編集委員
2000年　日本歌人クラブ九州ブロック幹事（選者）

2001年　現代歌人協会会員
2002年　高教組『郷土の文学』編集委員
　　　　第3歌集『花染手巾《ハナズミティサジ》』（ながらみ書房）
　　　　歌誌「くれない」創刊（現在通巻250号）
2004年　県教育賞（沖縄県教育委員会）
2005年　第42回沖縄タイムス教育賞（学校教育教科部門）
　　　　「おきなわ文学賞」選考委員（短歌部門）
2005年　「短歌で訴える平和朗読」を実施（第1回〜第15回）
2011年　第4歌集『亜熱帯の風』（紅叢書第23篇）
2012年　第5歌集『月桃《サンニン》』（紅叢書第25篇）
2019年　石川・宮森ジェット機事故「平和メッセージ」短歌部門選者
　　　　『辺野古を詠う』第6集
2021年　第6歌集『儒艮《ザン》』（紅叢書第35篇）
2022年　第55、56回沖縄タイムス芸術選賞文学部門（短歌）大賞
2023年　第7歌集『櫛笥 ―母―』（紅叢書第36篇）

石炭袋

櫛笥 —母—　玉城洋子歌集

紅叢書第 36 篇

2023 年 5 月 10 日初版発行

著者　玉城洋子

〒 901-0361　沖縄県糸満市字糸満 1200

編集・発行者　鈴木比佐雄

発行所　株式会社 コールサック社

〒 173-0004　東京都板橋区板橋 2-63-4-209

電話 03-5944-3258　FAX 03-5944-3238

suzuki@coal-sack.com　http://www.coal-sack.com

郵便振替　00180-4-741802

印刷管理　（株）コールサック社　製作部

＊装丁　松本菜央

落丁本・乱丁本はお取り替えいたします。

ISBN978-4-86435-568-1　C0092　¥2000E